LA VIE
D'UN OUVRIER.

LA VIE
D'UN OUVRIER

QUI N'A ÉTÉ QU'A L'ÉCOLE DU TRAVAIL

DEPUIS L'AGE DE CINQ ANS ;

DIFFICULTÉS QU'IL A EUES JUSQU'A L'AGE DE 41 ANS POUR ARRIVER A CE QU'IL EST.

AUJOURD'HUI A LA TÊTE D'UN PETIT BIEN-ÊTRE

qu'il a gagné à la sueur de son front et par son intelligence.

Que l'Ouvrier imite son exemple !

PARIS.

CHEZ L'AUTEUR.

125, RUE SAINT-JACQUES.

1848

Páris—Imprimerie Bonaventure et Ducessois, 55, quai des Grands-Augustins.

(Près le Pont-Neuf.)

LA VIE
D'UN OUVRIER.

⸻ ◦◦ ⸻

AUX OUVRIERS.

Citoyens, mes Frères,

Je fais appel à votre patriotisme et à votre dévouement à la République pour le bien de tous. Je vous engage à chercher parmi nous des hommes dignes de nous représenter à l'Assemblée nationale, pour défendre nos libertés et nos droits conquis par nous ; pour défendre la propriété à qui de droit, pour nous donner la facilité d'en gagner à la sueur de notre front par le travail, et subvenir aux besoins de nos familles.

Citoyens, voici ma vie et la règle de conduite que j'ai tenue jusqu'à ce jour, et que j'ai la ferme résolution de continuer à l'avenir. Louis-Toussaint Voisin naquit à Orsemont, petite commune près Rambouillet, département de Seine-et-Oise, d'une famille excessivement pauvre ; nous étions neuf enfants, quatre d'un premier lit, dont je suis le dernier. Je n'ai jamais connu ma mère. A l'âge de cinq ans j'étais chargé de soigner mes petits frères au berceau, tandis que ma belle-mère allait aux champs; là commencèrent mes premiers travaux. Quand je fus un peu plus grand, j'allais ramasser des pierres dans les champs et du crottin sur les routes et sur les chemins, couper dans les avoines et les froments les chardons et autres herbes nuisibles. En 1815 arrive la déchéance d'un tyran pour un autre que l'étranger met à sa place par la force des baïonnettes. Là commencent les grandes misères de notre existence pauvre. Alors je les comprenais, quoique bien jeune encore; j'avais huit ans. A la suite de cette calamité en vint une plus grande encore : une récolte sur pied pourrie dans les champs par les pluies qui tombaient continuellement; les blés, les avoines germaient sur terre; on ne pouvait qu'avec grand'peine rentrer cette récolte presque entièrement perdue, on n'en tirait qu'un pain noir comme le charbon, qui ne cuisait pas et restait en mortier; on le jetait contre un mur et il y restait. Jugez, mes frères, de la misère du pauvre! A cette époque nous étions réduits à aller mendier de ferme en ferme pour vivre; je partais, avec un de mes frères, le lundi matin, et nous rentrions le samedi soir, ayant ramassé une vingtaine de sous en liards, une trentaine de morceaux de pain desséché ou délayé par la pluie qui nous traversait souvent jusqu'aux os. A cette époque, mon père et mon frère aîné gagnaient 14 francs par semaine, et ils mangeaient pour 14 francs de pain : cela ne pouvait donc pas suffire à neuf personnes que nous étions à ce moment-là. Ma belle-mère fut donc réduite à prendre ses trois enfants et à s'acheminer au même trajet que nous faisions nous-mêmes. Cela a duré une année tout entière. J'avais alors neuf ans ; nous nous donnions au travail pour notre pain dans les fermes afin de ne plus aller mendier. Depuis ce jour je n'ai pas cessé de travailler : c'est pourquoi je fais appel aux travailleurs et à la bonne conduite que les hommes doivent tous avoir. Je fus donc à garder les moutons, les vaches, et à leur donner leur nécessaire, ce que l'on appelle garçon de cour ; de là je passai dans les chevaux où j'allais herser, labourer, et je devins troisième et deuxième charretier.

En 1823 je quittai mon pays natal pour venir à Versailles, le jour que le duc d'Angoulême revenait d'Espagne. Là je fus placé dans un hôtel qui se nomme Hôtel du Grand-Monarque, près la grille de l'Orangerie ; j'étais en même temps garçon d'écurie, laveur de vaisselle, et je servais les étrangers qui venaient dans cet hôtel. J'y restai sept mois ; je fis cent francs d'économie de mon salaire et des pour-boire que je recevais. Je fus demandé à Paris par un de mes frères aînés, compagnon de mes premières fatigues. J'entrai en qualité de domestique, rue Plumet, 25, chez un entrepreneur de menuiserie, homme vénéré de tous les ouvriers qu'il occupait. Au bout de trois ans j'eus la douleur de le voir périr sous la ferme d'un bâtiment (pièce de bois qui sert à soutenir le toit), rue Neuve-Paradis, faubourg Poissonnière. Je me trouvais donc sans condition ; mon frère me cède sa place pour apprendre un état, et je rentre chez un maître maçon, nommé Auguste Gouffié, entrepreneur de maçonnerie, qui reste maintenant Chaussée-du-Maine. J'étais traité comme l'enfant de la maison. Le désir de connaître le grand monde me fit quitter ce bon maître. Je fus placé chez un riche tailleur, rue de Richelieu, par mon frère qui pensait toujours à moi, lui qui, faute de travaux, avait été obligé de renoncer à l'état qu'il avait entrepris, et s'était replacé domestique chez M. Oudot fils. Il fut pris par une maladie nommée le croup, qui le mena au tombeau ; M. Oudot, l'ayant parfaitement fait soigner, je sirais lui en être reconnaissant. Je lui offris donc mes services comme gage de reconnaissance. J'avais alors dix-huit ans, et je rentrai au service de cet honnête homme. J'y restai jusqu'au moment de ma conscription ; je tombai au sort : j'étais donc réduit à être soldat. J'allais m'engager pour choisir le 4ᵐᵉ hussard ; mais j'avais été malade aussi à cette époque, j'étais faible. M. Gilbassier, recruteur, refuse de me recevoir. Je fus donc obligé d'aller attendre le moment de la révision dans mon pays. C'était le moment de la moisson, je me mis au travail comme si je ne l'avais pas quitté.

Le jour de la révision arrive ; je me présente au jury : on m'adresse ces paroles : Jeune homme, qu'avez-vous à réclamer? Je réponds avec franchise : J'ai voulu m'engager pour choisir mon régiment. Si vous me trouvez bon pour le service, demain j'irai retrouver M. Gilbassier, qui me passera en revue une seconde fois, et me fera entrer dans ce régiment, s'il se trouve d'accord avec vous. Jugé exempt du service militaire, je revins à Paris, où je me replaçai domestique chez un digne homme, nommé M. Douillard, habitant de la Guadeloupe, qui restait alors rue Saint-Jacques, 212, tout occupé à l'éducation de ses enfants. Je restai chez lui cinq ans. La régularité de mon état était de servir à table, d'avoir soin des appartements, de nettoyer les habits, les bottes, les souliers de sept personnes, de monter le bois de la cave dans les appartements, qui étaient au premier, au second et au troisième étage. Tous les jours, il fallait être à cinq heures du matin chez lui, été comme hiver, régulièrement. Je ne l'ai quitté que pour apprendre l'état d'emballeur. Cet homme me dit : « Allez, mon garçon ; quand vous aurez besoin de moi, vous viendrez me voir. A mon défaut, un des miens me remplacera pour vous être utile. »

Pendant trois ans, j'exerçai l'état comme apprenti et comme ouvrier. Pour apprendre cet état, j'ai fait le sacrifice de six cents francs de mes économies domestiques. J'ai donné six mois sans recevoir aucun salaire : j'avais, à cette époque, vingt-cinq ans, j'étais marié, et j'avais un enfant en nourrice.

Au bout de trois ans, la maison où j'avais fait mon apprentissage se trouve à vendre ; je traite avec mon ancien patron, et je vais retrouver le fils de ce digne homme, dont je viens de parler. Il me prête 4,000 francs, et je paie mon fonds comptant avec cette somme. Mon prédécesseur me laisse pour deux mille francs de marchandises et des loyers payés d'avance ; ce qui faisait 6,000 francs que je devais à deux personnes. Il me restait entre les mains 1,000 francs de mes économies domestiques pour faire face à l'alimentation de mes achats, que je me proposais de faire toujours au comptant. Le jour que je suis entré en possession de cette maison que j'occupe aujourd'hui, je me dis : Je travaillerai tous les jours de la semaine, fêtes et dimanches, depuis six heures du matin jusqu'à dix et onze heures du soir, quelquefois jusqu'à une heure du matin, tant que je n'aurai pas fini de payer les 6,000 francs que je dois. Ce que j'ai dit, je l'ai fait ; et je me suis dit : Le jour où j'aurai fini de payer mes dettes, je réunirai mes parents et mes amis, et à partir de ce jour-là, la boutique sera fermée de midi à deux heures les dimanches et les jours de fêtes. Les ayant réunis, je leur dis : Mes amis, aujourd'hui j'ai donc rempli tous mes engagements dans l'espace de deux ans et quelques mois! je dois vous dire aussi qu'à partir de ce jour, je gagnerai 1,000 francs de moins par an. Ils répondent la raison pourquoi? Je leur réponds : C'est que je ne pourrais pas travailler comme je l'ai fait par le passé. Du reste, je crois être d'accord sur ce point avec vous, puisque vous me disiez que je travaillais trop, et que ce n'était pas raisonnable; qu'en effet, il fallait se contenter d'un petit bénéfice analogue à ses forces et à son organisation.

Depuis cette époque, voilà la huitième année qui s'écoule, je n'ai jamais dévié de mes premières habitudes; aujourd'hui je m'en trouve très-bien. Quoique je ne sois pas riche, n'ayant rien acheté à crédit, je n'ai pas de billet en circulation, ce qui me donne la satisfaction de pouvoir faire travailler les ouvriers que j'ai l'habitude d'occuper. Depuis le premier jour de mon établissement, ce sont toujours les mêmes, et des pères de famille, dont un a cinq enfants, et qui serait très-malheureux aujourd'hui si je n'avais pas continué à le faire travailler. Si j'entre dans tous ces petits détails, c'est pour faire comprendre qu'une administration, grande ou petite, bien administrée, mettrait les peuples, comme les familles, à l'abri de grandes calamités. Tout ceci n'est qu'un aperçu des souffrances et des contrariétés que l'on a à payer dans cette vie. La chose essentielle, c'est d'avoir la liberté, la santé et la paix du cœur. Oui, il est beau quand on peut se dire à quarante et un ans : J'ai bien souffert; mais peu importent les souffrances qu'on a pu avoir quand on a pu venir en aide à son père, à sa mère, à ses frères et sœurs, à des cousins, à des neveux, à des amis, lorsque l'occasion s'est présentée de leur être utile. Prendre l'intérêt des autres, c'est prendre le **sien,** du moins c'est ma maxime. Donc, citoyens, je vous conjure de choisir des hommes qui auraient pu me surpasser dans cette règle de conduite que je viens de vous tracer.

Citoyens, maintenant, pour former un gouvernement fort et durable, c'est d'y prêter notre concours, notre bonne foi et notre intelligence ; j'entends le suffrage universel de tous les citoyens pour nommer les membres de la représentation nationale. Une seule Chambre représentative doit durer trois ans, des ministres responsables et un président des ministres, qui seraient réélus tous les ans. Portez assistance au peuple étranger qui entrerait dans la même voie que nous. Un peuple grand et fort de ses droits comme le nôtre n'a rien à craindre de l'étranger ; mais il faut l'union entre nous tous bons citoyens. L'administration intérieure, quand la constitution sera établie. Nul citoyen ne pourra occuper deux emplois salariés. A soixante ans, qu'aucun citoyen ne soit en place. Tout citoyen qui aura 50,000 livres de rente ne pourra pas être admis dans les fonctions publiques salariées, à moins que la patrie ne soit en danger. Que les places soient données par voie d'élection ou de concours, afin que les pères de famille pauvres puissent être admis dans les emplois publics. Que les cultes soient salariés. Instruction communale gratuite pour

tous : liberté d'enseignement. Pour faire face à toutes les dé-
penses, que l'impôt, tel qu'il est constitué pour le moment,
soit conservé jusqu'à ce qu'on ait comblé la dette et que l'équi-
libre soit rétabli ; de plus, impôt progressif jusqu'à la hauteur
de 50,000 francs de rente ; impôt sur les chiens de luxe, sur
la volaille, sur le gibier ; impôt sur les chevaux de trait, sur
les voitures (charrettes), 3 francs pour un cheval, 3 fr. pour
une voiture ; impôt plus fort sur les chevaux et voitures de
luxe ; 50 francs pour un cheval, 200 fr. pour une voiture à
quatre roues trainée par deux chevaux ; impôt sur l'argent
en rentes placé sur l'État, comme à la Caisse d'épargne, de
5 francs par chaque 1,000 francs. Que les nobles qui quittent
Paris et qui réforment leurs gens et leurs équipages soient
imposés de 1,000 à 10,000 francs selon leur fortune. Pas
d'association pour le travail ; qu'il soit libre ! qu'à l'âge de
vingt-et-un ans, tout ouvrier qui n'aura pas réussi à apprendre
un état et qui sera forcé de se faire homme de peine dans une
fabrique ou atelier, reçoive un salaire qui ne puisse jamais
être au-dessous de 3 fr. par jour, à Paris. Que tout homme
qui entreprend un commerce quelconque soit tenu en res-
pect par une loi pour qu'il ne se mette pas à découvert par
un trop grand crédit ; qu'il soit tenu, s'il commence avec
10,000 fr., de ne pas prendre pour plus de 5,000 de crédit
dans le commerce. Que tout propriétaire qui veut faire con-
struire tout espèce de choses, comme machine à vapeur ou bâtiment quelconque, soit tenu d'avoir des fonds à sa disposition
pour payer l'entrepreneur ou l'ouvrier à fur et à mesure que
son bâtiment arrivera à tel ou tel degré ; qu'il lui reste toujours
pour sa garantie un tiers des avances faites par l'entrepreneur
ou l'ouvrier. Mon but ici est d'empêcher toute faillite de la

part des gens de mauvaise foi ou de fausses spéculations. Quand nous serons arrivés à ce but, nous aurons fait un grand pas.

Bases essentielles pour toute la Société humaine.

Qu'il soit établi un impôt personnel de 2 centimes par jour; que l'ouvrier arrivé à soixante ans ait une rente de 500 fr.; tout individu qui aurait acquis 800 fr. de rente ne pourrait pas participer dans celle ci-dessous : que tout individu infirme incapable de travailler soit admis à cette rente nationale. Je trouve très injuste qu'un citoyen serve sa patrie pendant sept ans sans qu'il lui soit fait remise d'une somme de 500 fr. à la fin de son service pour le mettre au même niveau que ceux de sa classe qui sont restés dans leurs foyers par l'avantage du sort, qui, ayant la liberté, peuvent faire une économie beaucoup plus forte.

Je voudrais qu'il y eût des greniers d'abondance établis dans chaque arrondissement du territoire français pour y recevoir des farines et du grain pour au moins l'avance de six mois; que chaque fermier fût obligé d'y déposer une certaine quantité de grains selon sa récolte, pour que le froment ne puisse monter au-dessus de 45 à 50 fr. le setier dans les plus mauvaises récoltes.

---

24 Février.

Citoyens, ne voyez-vous pas une puissance invisible qui est venue poser sa main droite dans la balance du juste, et a reposé sa gauche dans celle de l'avare et de l'égoïste, l'assassin moral, qui est Louis-Philippe. Au dernier moment, voulant se rattraper aux branches de l'opposition qui depuis longtemps l'avait averti du danger qu'il courait, il essaie de nommer un nouveau ministère Molé, Thiers et Odilon-Barrot; mais ils ne peuvent s'entendre. Louis-Philippe, alors, désespéré, abdique en faveur de son petit fils, il est trop tard. La République est proclamée et acceptée par tous les citoyens. Vive la République! Liberté, Égalité, Fraternité.

Organisation du service de la Garde nationale dans l'intérêt de l'Ouvrier et de Tous.

Je voudrais que la garde nationale et la troupe de ligne fissent conjointement le service militaire de la ville de Paris;

Que les postes fussent composés par tiers d'hommes de la ligne et de gardes nationaux, dont moitié ouvriers et moitié boutiquiers et autres personnes aisées;

Que les postes fussent relevés:

A 6 heures du matin, en été;

A 7 heures, au printemps et en automne;

A 8 heures en hiver;

Tous les hommes de service se rendraient au poste le matin;

Après l'organisation du service, les boutiquiers retourneraient chez eux;

Les soldats resteraient au poste pendant toute la garde, et feraient le service, le jour, avec les ouvriers, et, la nuit, avec les boutiquiers et les autres gardes nationaux;

A onze heures du soir, l'ouvrier rentrerait chez lui avec ses armes, et recevrait trois francs pour la journée qu'il aurait perdue.

Ateliers nationaux.

Je veux qu'il y ait des ateliers nationaux pour tous les corps d'état, pour recevoir les ouvriers qui ne trouveraient pas d'occupation en ville. Dans ces ateliers, tout ouvrier en état ne recevrait pas au-dessous de trois francs par jour. L'homme de peine ne recevrait que deux francs. Ce tarif ne s'appliquerait que dans les villes de premier ordre et progressivement, selon le besoin des localités.

Voici ce que j'entends par impôt progressif. Je suis ouvrier; j'ai 1,000 fr. à la Caisse d'Epargne. C'est toute ma fortune pour le moment. Je l'impose de 5 fr. par an.

Que ces cinq francs retombent dans la main de celui qui ne possède rien pour lui assurer du travail. Il arrivera progressivement à me suivre dans l'aisance, à se donner le nécessaire et à faire des économies.

Loin d'empêcher le luxe, cet ouvrier dans l'aisance se donnera une montre, une pendule, des tableaux et autres objets de luxe, que nous avons tous la tendance à nous donner, au fur et à mesure qu'il possédera une fortune quelconque. Si le riche recule devant cet impôt, il y aura compensation par celui qui entrera progressivement dans l'aisance.